사계절

저자 김정민

사계절

바른북스

목차

사계절 · · · · 008

작가의 말 · · · 080

우리의 말 · · · 089

사계절

옆집에서 한 남자가 자살 시도를 했다. 나는 아파트에 살아서, 옆 아파트에서 일어난 사건이었다.

나는 중학생이었다. 기숙사에 살았었고, 소식은 듣기만 했다. 나는 몰랐는데 어릴 때 내가 만난 적이 있는 할아버지라고 한다. 그게 봄이었던가, 여름이었던가. 어쨌든 날이 밝아오는 때의 일이었다.

어느 시점이 되니까 친구들이 자살을 입에 달고 살았다. 오늘은 자기가 좋아하는 남자애가 대꾸를

안 해주니 죽겠다고 했다. 그게 여름이었던가. 어쨌든 햇살이 뜨겁던 날이었다.

 어느 순간부터인지는 잘 기억나지 않는다. 그냥, 일상이 되어 있었다. 빠르게 흘러가는 음악처럼, 세상도 빠르게 변해가는구나, 라며 막연하게 생각했었다. 그게 말이 될까, 라고 나에게 질문한 적도 있지만 어쩌겠는가. 세상이 변화하는데, 나 따위 것이 어쩌겠는가.

 그것이 여름이었는지, 봄이었는지는 잘 기억나지 않는다. 그저 어느 순간부터, 고작 중학생인 우리에게 죽음이 드리워져 있었다. 자연스럽게 죽음을 입에 담았다. 누군가를 죽이고, 죽는 상상을 자주 했다. 무심하게 건반을 누르듯, 지나가는 시간처럼 자연스럽고 무심하게 입에 죽음을 담았다. 그러면 안 되는 것을 알았을지도 모른다. 하지만 어쩌겠는가, 우리는 알면서도 할 수밖에 없었다.

가끔은 선생님들이 글을 쓰게 시킬 때가 있다. 보통은 글을 몇 번 끄적이다가 책장 귀퉁이에 "이런 거 왜 하는 거야? 죽고 싶다."라는 말을 쓴다. 가끔 그런 걸 볼 때면 마음 한구석이 쓰라릴 때가 있었다.

언제부터였는지는 잘 기억나지 않는다. 여름이었던가, 봄이었던가. 친구들이 읽는 책의 내용이 바뀌었다. 처음에는 모두가 성관계에 관련된 말을 입에 올렸다. 아마 그 이후부터였다. 친구들은 성관계와 관련한 책을 도서관에서 전부 빌려 읽고는 죽음으로 눈을 돌렸다.

아마 작년 여름인가, 그때부터 자살은 유행어가 되었다.

아마 올해 여름이었을 것이다. 매미는 울지 않았다. 그래도 여름이었다. 친구들은 점점 더 자살을 유행시켰다. 이제는 일상이 되었다. 친구들끼리 엿

같다는 말을 많이 했다. 죽어버리라는 말을 많이 했다. 누군가는 상처받기 시작했다.

 여름이었던가, 우리는 서로에게 상처를 줬다. 서로를 짓누르고 뭉개는 것에 희열을 느꼈을지도 모른다. 다만, 그때부터 누군가는 상처에 취해 있었다.

 분명 작년 여름이었을 것이다. 나는 밝은 아이로 기억되겠노라고, 상처받지 않고 강인한 아이로 기억되겠노라고, 그렇게 다짐했었다.

 언젠가는 유리에도 금이 간다. 맑고 투명하고 단단해 보이는 유리에도 언젠가는 금이 간다. 어쩌면 다른 물건보다 더 쉽게 깨질 수도 있다.

 아마 여름방학을 며칠 앞둔 날이었을 것이다. 다리 사이에는 부드러운 이불을 끼고, 손에는 날카로운 만화책을 들고, 눈은 천장을 향하고, 입은 친구를 향했던, 내 옆자리 친구에게 서로 정말 엿같았다고, 네가 정말 싫다고, 하지만 그래서 좋다고, 그렇게 말하던 날이.

일상이 되어버린 죽음에 불만이 많았다. 언젠가 입으로 연신 자살을 외치던 친구들이 정말로 깨져버릴 것만 같았다.

그렇게 친구들이 세상을 떠난다면 전부 내 탓이 될 것만 같아 무서웠다.

하지만 나는 멈추라고 할 수 없었다.

나는 고작 15살이었다.

여름이었던가, 독후감을 써서 내니 선생님이 문예창작과를 추천해 주셨다. 처음으로 받아보는 추천이었다. 누군가가 나에게 칭찬이나 인정 말고 권유를 하는 것은 처음이었다.

기분은 좋지 않았던 것 같다.

반에서 유일하게 있던 친구와 싸웠다. 친구들은 전부 다른 반이 되어버렸다. 그게 여름이었던가, 나는 반에서 혼자가 되었다.

2학년이었다. 대놓고 무시를 당하는 처지는 아니었다. 그렇다고 대놓고 챙겨주거나 관심을 주는 처지는 절대 아니었다. 반에서 혼자 앉아서 책을 읽는 조회 시간이 싫었다. 여름방학이 다가와 자유시간을 주는 선생님들이 재수 없었다. 자유롭게 놀라는 체육 시간에는 구석에 앉아 책을 읽었다. 재미있는 일이 생겼으면 했다.

하지만 언제나 그랬듯, 세상은 물 흐르듯 흘러갔다.

여름이었던가, 분명 여름이었는데, 내 마음에 바람이 불어오던 때가 있었다. 시린 바람이 꽂히던 겨울이었다.

친구가 문자를 보낸다.

친구가 전화를 한다.

나는 매일 그렇듯 시를 쓴다.

나는 매일 그렇듯 그것을 읽는다.

틀림없는 일상이었다. 아마 겨울에도, 가을에도, 여름에도, 봄에도, 나는 계속 그러할 것이었다.

언제부터였던가, 그런 일상이 재미없어졌다.

소설 플랫폼에 글을 올린 후부터였나,

선생님에게 잔소리를 듣고 난 후부터였나.

옆집에서 자살 시도를 한 남자가 잘 살아 있다는 소식을 들었다. 소식을 전해준 엄마는 말했다.

"잘 살아 계시대."
"응."

보잘것없는 대화였다. 그런 대화를 오래 이어가기는 싫었다.

그 이후로 친구들의 자살 이야기가 더 많아졌던 것도 같다.

그게 여름이었던가, 점점 살이 벌게지는 날이었던 것이 기억난다.

어느 날 자연스레 옆집의 남자 이야기가 나왔다.

남자는 옥상으로 올라가 비틀거리다가 바닥에 머리를 처박고 떨어졌다고 한다. 아마 머리가 먼저 내려갔지만 먼저 떨어지지 않은 것은 죽음이 두려웠기 때문이라고 생각한다.

그 이후로 친구들은 자살을 장난삼기 시작했다. 그 또한 죽음이 두렵기 때문이라고 생각했다.

그게 여름이었던가, 하늘에 잠자리가 많이 풀렸다는 것이 기억난다.

옆집 남자의 자살 시도를 한 이유를 듣게 되었다. 이번에도 엄마는 나에게 말했다.

"할머니가 계시대."
"응."
"저번 주에 돌아가셨대."

아.

정확하게 짐작이 갔다.

나는 무언가를 잘못해도 천연덕스레 넘어가는 일을 잘 해냈다. 누군가는 그런 능력을 재능이라며 좋아했다. 칭찬을 받는 것은 늘 좋았다. 매일 밤, 나의 어둠을 어지럽게 했던 불안은 재능의 원천이 되었다.

가끔 세상이 무거울 때가 있었다. 기압이나 습도가 아니라, 주변이 더욱더 증폭되어 보이는 날이 있었다. 색감이 더 진하게 보일 때가, 무릎까지 올라온 주차장 뒤편 담벼락 아래의 풀꽃이 눈에 밟힐 때가, 새로 칠하던 학교 외벽의 페인트 냄새가 내 코 깊숙이 번져올 때가.

여름이었던가, 기억은 나지 않지만 확실하게 죽음이 드리워져 있었다.

학교에 자해하던 친구가 있었다. 사실 친구도 아니고 자해도 아니지만, 어쨌든 팔을 마구 내리치며 소리를 지르던 미친년이 있었다.

그쯤이었던가, 상처는 유행하였다.

밤이 되면 언제나 그랬듯 점호가 끝났다. 언제나 우리는 일어나 말을 섞었다.

어느 날에는 내가 이런 이야기를 했다.

"나 사실은 너희들이 자살한다고 할 때마다 무서워."

대답을 원하지 않았다.

다행히도, 친구들은 전부 잠들어 있었다.

그때 나는 생각했다. 사실은 친구들이 전부 저대로 죽은 것은 아닐까, 언젠가 나도 저렇게 죽지 않을까, 썩은 내 나는 시체가 되어버리지 않을까.

언제나 다가오지 않을,
언젠가 다가올 미래가,
언제나 두려웠다.

옆집 노인이 잘 살고 있는지는 모르겠다. 내 이야기를 알고 있던 친구들은 자살한 이유를 듣고는 예민하네, 불쌍하네, 등으로 노인을 평가했다. 마치 책 한구석에 낙서를 보았던 그때처럼, 마음 한구석이 시렸다.

마음에 가시가 박힌 것처럼, 무언가에게 공격받았지만 그 원인을 찾을 수 없었다.

그다음 주였던가, 우리에게는 다시금 자살이 유

행했다.

　우리는 자주 서로의 상처를 후벼 파냈다. 무심하게 자판을 두드리듯 심장을 두들겼다. 그렇게 우리는 선택했다. 세상의 이치에 맞는 선택을 하고, 서로의 가치관을 서로의 심장에 욱여넣었다.

　그게 싫었다. 매일 수를 쓰며 선택하는 세상이 싫었다. 눈을 질끈 감고 선택하면 또 다음의 벽이 있었다. 마치 삼각형처럼, 떨어지면 이어지고, 이어지면 올라가야만 하는, 무서운 세상이었다.

　글을 쓰며 씹는 얼음의 맛은 달다.

　여름이었던가, 바다에 간 적이 있다. 물이 파도를 타고 밀려 들어오고 있었다. 나는 파도를 보며 차에서 밥을 먹었다. 소풍을 갔던 것 같다. 아버지는 창문을 열어주었다. 창문이 조금씩 열릴 때마다 바람 또한 창문을 타고 조금씩 흘러들어 왔다. 밀려 들어오는 바람에, 바다의 향기 또한 타고 있었다. 짭짜름하면서도 상쾌한 향기, 냄새였던가? 기분이 좋았다. 바다의 향을 맡고 다시 바라본 파도는 한층 진해 보였다.

여름이었다. 온 세상의 색이 진해지고, 향이 진해지고, 사람들의 목소리가 짙어지고, 사람들 각각의 이야기가 짙어진다. 내 색을 빼앗아 간다.

봄이었다.

중학교에 입학한 날, 그 1년 하고도 1일 후에 나는 다시 한번 학교에 입학했다. 우리는 한층 더 진해지고 있었다.

봄이었던가, 우리는 서로에게 조심스러웠던 것 같다.

여름이었던가, 우리는 조금 고삐가 풀렸던 것 같다.

여름에, 우리는 청춘을 지나고 있었다.

가끔은 친구들이 이런 말을 했다. "와, 낭만 쩌는데?"

도대체 낭만이 뭐길래 그렇게 좋아할까.

도대체 우리에게 낭만은 무엇이기에, 중학생의 동반 자살에 낭만이라는 평을 할 수 있을까.

주변에 살인을 외치는 친구는 없었다. "저 새끼를 죽여버리겠어."라는 말도 잘 하지 않았다. 대신 우리는 그 개놈 때문에 죽겠다는 이야기를 했다.

뉴스에 살인사건이 나온다고 낭만 있다는 평을

하는 정신 나간 아이들은 없었다. 하지만 자살 사건에는 어지간하면 청춘이나 낭만이라는 단어가 붙었다.

우리가 지나는 청춘이 도대체 뭐길래, 내가 지나는 이 청춘은 어찌하여 자살과 비례하는가? 우리는 무슨 죄를 지었기에 죽음의 그림자에 드리워져 살아가는가? 이런 질문을 해보기도 했다. 가끔은 기숙사에서 친구와 한밤중에 대화를 나누기도 했고, 가끔은 혼자서 이런저런 것들에 대해 고민해 보기도 했다. 하지만 언제나 그렇듯 얻은 것은 없었다.

고민을 해보았다. 친구와 논리적인 대화로 풀어나가기도 했고, 말 그대로 추측이었다. 내 친구와 내가 추측한 자살의 유행은 '두려움'이다.

우리는 죽음을 두려워한다. 아마 우리가 인간이 되기 전, 오스트랄로피테쿠스였을 때부터 쭉-. 그래서 우리는 자살을 택했다. 어떻게든 죽게 될 미래가 두려워서, 자신이 원하는 때에 원하는 방식으로 생을 마감하기 위해 자살을, 택했던 것이다. 그래서 우리는 청춘이라는 비극을 지나면서 죽지 않기 위해 자살이라는 그림자를 청춘이라는 빛으로 드리웠던 것이다.

"그럼 이상하잖아."
"뭐가?"
"그러면 왜 자살하지는 않는 건데?"
"자살하지 않기 위해 자살을 외치는 거니까."

그렇게 대화를 나누다가 잠들었던가, 밤을 지새웠던가. 어쨌든 하나만큼은 기억한다. 내 기숙사 생활 중 가장 두려운 밤이 되었다는 것을.

여름이었던가, 봄이었던가, 죽음이 드리워진 계절이.

그럼, 겨울이 되거나, 가을이 된다면, 드리워진 죽음이 조금은 물러가려나.

『인간 실격』을 읽은 적이 있다. 그 책에 나오는 주인공은 중반부에서 반의어를 찾는 놀이를 한다. 친구와 그 놀이를 해보았다.

"죽음은?"
"삶?"
"왜?"
"내가 그렇게 생각하니까."
"그럼 삶은?"
"탄생."
"왜?"
"내가 그렇게 생각하니까."
"응, 이제 네가 질문해 봐."
"여름은?"

대답하지 못했다. 여름의 반의어는 없었다. 여름은 여름이었다. 여름의 반의어는 여름이다. 차라리 여름의 반의어는 물이라고 하거나, 아픔이라고 하는 것이 가장 옳았다. 나는 그렇게 생각했다. 그러므로 겨울이나 가을이 된다고 해서 죽음이 사라지지는 않을 것이다. 오히려 죽음은 색을 잃고 우리에게 무색무취(無色無臭)의 모양으로 삶에 스며들 것이다.

길었던 2학년의 1학기가 끝나고, 우리는 중간 발표회를 했다. 맨 앞자리, 가장 주목받는 역할의 연극, 가장 소리가 큰 악기, 가장 눈에 띄는 옷. 모두 좋았다. 모두가 즐겼다. 마지막 순서는 밴드부였다. 모두 전에 있던 공연은 잊고 신나게 뛰어놀았다. 왜인지 모를 자괴감과 함께 두려움이 적운처럼 몰려왔다.

가끔은 해결법이 없는 문제들이 있다. 정답이 없는 문제들이 있다. 아마 이런 문제들을 풀어낸다면 나는 노벨상을 받겠지, 인생을 풀어낼 수만 있다면 나는 노벨상을 받겠지, 하지만 그걸 이뤄내지 못하니까 나는 노벨상을 받을 수 없는 것이다.

여름이었던가, 머릿속에서는 소용돌이가 쳐 내리는데, 입에서는 소나기가 씻겨 내려가는, 그런 장마철을 지나고 있었다.

세탁소에 갔다가 세탁 금지품 목록을 보게 되었다.

신발은 세탁이 되지 않습니다. 신발은 '세탁물'이 아닌 '소모품'입니다.

어쩌면 그럴지도 모르겠다. 어쩌면 의지나 희망은 깨끗하게 다시 쓰는 것이 아닌 소모품일지도 모르겠다. 역시 희망은 헌것이었다.

처음에는 독서록을 제출하면 언제나 안경을 들고 와서 읽어주시던 선생님이 고마웠다. 내 글을 재미있게 읽는 듯해 열 번 중의 한 번이라도 감사했다. 내 글이 좋았다. 여름이었던가, 독서록을 제출했는데 선생님이 그대로 책에 끼우시는 것을 보았다. 나중에 읽겠다는 뜻이리라. 하지만 쿵쿵거리는 내 가슴은 내가 어찌할 수 없는 것이렷다.

나중에는 열 번 중의 한 번이라도 내 글을 읽고 그냥 넘어가는 사람들이 너무나도 싫었다.

그 말을 친구에게 한 적이 있었다. 친구는 이렇게 답했다.

"죽어."

친구의 말뜻은 "그렇게나 억울하고 답답해 죽겠으면 차라리 나가 죽어라."라고 지겹다는 뜻이리라,

이해한다. 이해는 했지만, 여느 책에서 말하듯 이해와 인정은 다르다. 역시나 내 콩닥대는 심장은 내가 어찌할 수 없는 노릇이렷다.

여름이었던가, 어쨌든 가을이 다가오던 때였다. 우리는 한층 더 진화해 서로에게 자살을, 자유를 권하고 있었다.

가끔은 그런 생각을 해보았다. 옆집 노인이 정말로 자살을 하고 싶었다면, 11층짜리 아파트의 옥상에서 떨어졌는데 어떻게 살아 있을 수가 있었을까, 정말로 마음을 먹었다면 머리로 떨어져서 즉사까지 할 수 있지 않았을까, 아무래도 노인은 죽음이 두려웠던 모양이다.

여름이었던가, 새벽에 잠들어서 늦은 오후에 깨어나는 일상을 만들고 있었다.

거울을 보는 습관이 있다. 화장실에 갈 때는 물론이고 현관문을 나설 때, 핸드폰을 볼 때, 밥을 먹을 때, 거울이 있는 곳이라면 어디든 거울을 보며 웃었다.

사진을 찍어보면 그리 예쁜 편은 아니었다. 차라리 못생긴 편이라고 하는 게 더 나을 정도, 하지만 거울 속의 웃음 짓는 나는 예뻤다.

내 머리카락은 길다. 머리를 쓸어 넘길 때마다 옅게 풍기는 린스 향과 손에 감기는 머리카락은 정말 마음에 들었다.

원래 내 머리는 쇼트커트였다. 바지를 입고 다녔고, 말투도 천박했다. 여유 있고 고풍스러운 행동은 하지도 않았고, 손톱다듬기 같은 건 상상도 안 해봤다.

6학년 여름이었던가, 머리를 기르고 싶어졌다. 다른 여자애들의 묶는 머리가 갖고 싶어졌다. 그래서 머리를 길렀다.

생각해 보면 내 인생의 시작은 언제나 탐욕이었던 것 같다.

나처럼 이렇게 글을 빠르게 잘 쓰는 사람은 없다고 한다. 이건 칭찬일까, 인정일까, 그렇게 생각하다 보니 벌써 새벽 5시 21분이다.

나는 달달한 음식을 좋아한다. 자극이 별로 없고 안정성 있는 음식을 좋아한다.

건강하거나 자유로운 것에는 관심 없다. 직업에 안정성과 보수만 있다면 된다.

인생도 마찬가지였다. 자극이 별로 없고, 보수가

높다면, 그 모든 것에 변수가 없는 것이 확정된다면 심장도 도려내 줄 수 있었다.

여러 가지 의미에서 내 중학교 생활은 적성에 맞지 않았다. 친구들은 안정성이 없었다. 중학교에 다닌다고 해서 돈을 주는 것도 아니고, 친구들의 말은 언제나 자극적인 대화가 오갔다.

가을이었던가, 꾹꾹 눌러 담아온 죽음이 다시 한 번 세상의 밖으로 터져 나왔다.

여름이었던가, 친구들을 만나지 않는 방학이었는데, 우리는 서로 할 말을 꾹꾹 눌러 담아 마음속에 봉인하고 있었다.

내가 눈을 감았다 뜬 그 잠깐 사이에, 세상은 또 한 걸음 진보한다.

창문을 보면 언제나 밭이 내려다보이는 곳에 살았다. 문에는 언제나 빛이 새어 들어오고, 눈에는 언제나 세상이 비추어 들어왔다.

세상은 아름다웠다. 눈이 부서지도록 아름다웠다. 눈에 들어오는 산의 풍경은 언제나처럼 전두엽에 틀어박혔다. 울려 퍼진 새소리는 메아리처럼 울려 아파트 사이사이에 울리고, 떨려오는 새들의 날갯짓은 언제나처럼 세상을 움직였다. 이게 여름이다. 이것이 여름이다. 아름답고도 아름다워서, 차마 아름답다 말하지도 못하는. 그것이 여름이었다. 그렇게 말하며 울었던 것도 같고, 그렇게 말하며 가을로 등을 돌린 것 같기도 한 8월의 어느 끝 무렵이었다.

우리는 아물어 가는 상처를 뜯어냈다.

꿀럭대는 피를 보이며,

쿨럭대는 폐를 보이며.

우리는 암전된 방에서 무엇을 할 수 있을까.

불이 꺼진 어두운 방에서, 감히 벽에 손을 짚을 용기를 낼 수 있을까.

여기가 벽은 맞을까.

바닥에 유리 조각이 있는 것은 아닐까.

저게 정녕 문일까.

불이 꺼진 어두운 방에서, 불을 켜는 스위치를 찾을 수는 있을까.

무대 위에 자주 올라갔던 것 같다. 연극도 했었고, 연주도 했었다. 그럴 때마다 사람들이 주는 시선과 박수가 달가웠다. 사람들이 주는 찬사가 기뻤고, 사람들이 주는 인정과 칭찬이 아름답게 뇌리에 박혔다.

무대 위의 광대는 무엇을 할까, 춤을 추고 노래를 부를까?

그렇다면 무대 위의 광대에게 박수는 놀음의 값이오, 나에게는 빚일 뿐이니.

그런 생각을 했던 게 여름이었던가, 가을이었던가.

어쨌든 새소리가 죽어가던 어느 해 질 녘이었다.

자살은 그맘때쯤 다시 물 위로 떠올랐다.

죽은 생선처럼, 우리의 마음에 썩은 내를 풍기며 다시금 우리의 상처를 곪아냈다.

가을의 하늘은 높다. 가을은 여름이나 봄 따위와는 비교도 되지 않을 정도로 높고 광활하다. 구름 한 점 없는 가을의 하늘은 우리를 눌러낸다.

그 높은 하늘이 두려워서, 드리운 그림자가 두려워서. 우리는 감히 일어날 엄두를 내지 못했다.

세상은 언제나 죽음의 연속이었다.

삶은 언제나 죽음을 위해 달려 나갔고,

말은 언제나 상처를 향해 뛰어나갔다.

세상에는 소리가 있다. 파도, 바람, 산, 강, 모두에게 소리가 있다. 그렇다면 우리의 마음에도 소리가 있을까.

곁을 스쳐 간 에어컨의 서늘한 바람 때문일까, 문

득 그날이 생각났다.

 책을 읽었다. 친구는 자고 있었고, 언제인지 모를 시간에 나는 잠을 잤다.

 신기한 꿈을 꾸었다. 언제나처럼 새벽에 일어나 벽을 바라보고 있었고, 언제나처럼 귀를 기울이며 세상을 듣고 있었다. 벽에는 내가 해둔 낙서들이 있었다. 자살이나 죽어, 같은 말들 있었다. 그리고 얼마 있지 않아 친구가 깨어났다. 친구는 눈물을 흘리고 있었다. 그렇게 아무 말도 없이, 나는 기이하게 벽을 바라보며 친구의 울음소리를 듣고 있었다. 그렇게 10분이 지났던가. 친구는 나에게 한마디를 건넸다.

 "죽어버렸으면 좋겠어."

 그리고 눈을 떴다. 시간은 4시 43분, 너무 이르지

도, 적당하지도 않은 시간이었다.

 내가 벽을 보며 일어났던 적이 있었던가?

 친구가 나에게 울며 말했던 적이 있었던가?

 벽에 낙서를 했던 적이 있었던가?

 급하게 벽을 쳐다보았다. 역시나 아무것도 존재하지 않았다. 4시 43분. 아직 해가 뜨기에는 이른 시간이었다. 두려운 마음에 벽으로 손을 가져다 대었지만, 어둠 속에서 벽이 어딘지 가늠할 수 있을 노릇이겠나. 나는 아무것도 하지 못했다.

 그리고 10분이 흘렀을 무렵, 누군가가 흐느끼는 소리가 들렸다.

 나였다.

세상은 음악처럼 흘러갔다. 숨결을 불어 넣는 플루트처럼, 건반을 짓누르는 피아노처럼, 미친 듯 부딪혀 대는 심벌즈처럼.

인생은 연극처럼 흘러갔다. 짜여진 틀 안에서, 그것을 외우고 연습해서, 죽음을 준비한다.

세상과 인생이 합쳐지는 순간, 사람들은 찬사를 보냈다.

어찌 보면 칭찬과 인정은 쉬웠다. 책임이 따르지 않는 일이었다. 지나가는 누구나 붙잡고 "정말 예쁘신데요?"라고 하면 당황할지언정, 싫어할 사람은 없을 것이다.

하지만 권유는 어려웠다. "정말 예쁘신데요? 이런 일 한번 해보실래요?"에는 책임이 따른다. 수락하는 순간, 그 사람은 약속을 지켜야 한다. 그렇기 때문에 우리는 권유를 잘 하지 않는다.

 하지만 우리의 청춘 속에 죽음은 책임이 따르지 않는 권유였다.

 내가 죽여버리고 싶은 사람을 죽이고도 행복하게 삶을 이어갈 수 있다면 그것을 마다하는 사람은 별로 없을 것이다.

 우리는 자살을 권하고 전염시키며 행복하게 삶을 이어 나간 것이다.

 말라비틀어진 우리의 사고가, 우리의 삶을 바닥에 처박고 있었던 것이다.

 현관등에 달라붙는 불나방은 자신이 죽을 것을 알지 못한다. 자신이 달려 나가는 그 불빛에 타 죽을 것이라고는 상상도 하지 않는다. 벽에 머리를 처박아 생을 마감할 것이라고, 어느 불나방이 상상이나 해보겠나.

  우리의 삶은 얼음처럼 이어졌다. 뜨거운 여름 속의 얼음이, 차가운 보온병 속의 얼음이. 자신은 언젠가 뜨거운 아스팔트 위에서 춤출 것이라며 노래를 부른다.

  자라나는 세상은 희망을 잃었다.

  우리는 아름답고 푸르던 가을에,

  우리는 아프고도 슬프던 가을에,

  아름답게 피어날 즈음에,

  서로를 짓누르고 묶어가며,

아프고도 슬프던 가을에서,

아프고도 슬프던 여름에서,

서로의 상처를 뜯고 먹으며

자라나고 있었던 것이다.

고작 15살이었다.

어떤 때는 20살이 되기도 하고,

어떤 때는 5살이 되기도 하는,

위태로운 청춘을 지나던, 15살의 늦여름, 가을이었다.

상상하면 뭐든 이루어지지 않는 사람이었다. 당

연하게도 올 것이라 믿었던 나의 차례는 오지 않았고, 당연하게도 찬란하리라 믿었던 나의 청춘은 천박했다.

언제나 바닷속에 갇힌 듯한 기분이었다. 나는 언제나 깊은 심해 속에 처박혀 있었고, 내 위로는 희망이, 내 발목에는 절망이 드리워져 있었다.

바다에서 쉬는 숨은 의미가 있을지 모른다. 시원하게, 상쾌하게. 그런 의미가 깃들지도 모른다. 하지만 바닷속에서 쉬는 숨은 더 빠르게 죽음을 죄어올 뿐이다.

언제나 동그라미인 줄 알았던 나의 인생은 세모나고,

언제나 직선인 줄 알았던 나의 삶은 곡선을 그렸다.

세상에는 모양이 있을지도 모른다. 제각각 모양은 다르다고 생각하겠지, 아마 친구와 그런 주제로 대화를 한 적이 있는 것 같았다.

"세상의 모양이 뭐라고 생각해?"
"뭔 소리야."
"그냥, 세상에 굳이 모양이 있다면 뭐일 것 같아?"
"다이아몬드."
"왜?"
"보통은 그렇게 그리니까?"
"왜?"
"우주에 행성이나 별이나, 지구나. 그렇게나 많은 것들이 있는데, 동그랗거나 네모나면 외로워 보이잖아."
"그럼 넌 세상을 우주라고 생각한다는 거야?"
"그렇지 않을까?"

세상 사람들은 나만 빼고 전부 우주라는 단위에서 살아가고 있을지도 모른다. 어쩌면 나는 막연하게 모두가 세상은 지구라고 한정 짓고 있었을지도 모른다.

　내가 그 말을 했던가, 잘 기억나진 않지만, 어쨌든 해가 산을 넘어 사라져 가는 어느 어두운 가을 낮이었다.

　세상의 색은 무슨 색일까, 우주는 어쩌면 공허의 연속인 것이 아닐까, 행성이나 별, 지구는, 공허에 미쳐버린 나머지 우리가 만들어 낸 환상이 아닐까.

　생각해 보면 언제나 촉박하고 두려운 삶을 살았었던 것도 같다.

　고작 15년이지만, 세상에게 소리칠 단어를 찾을 수만 있다면 이렇게 외치고 싶다.

뭐라고 해야 하지?

가끔은 슬펐다. 가끔은 신나고, 가끔은 아팠다. 하지만 분명 언젠가는 행복했고, 그럼에도 언젠가는 불행했다.

그런 게 세상이었다.

아프다, 끔찍하다. 하지만 언젠가는 행복했다. 그렇기에 우리는 죽기를 두려워한다.

이런 게 세상이었다.

색이 바뀐다. 어떤 때는 주황색, 어떤 때는 파란색. 찬란하다는 단어로 불리우는 하늘은, 언제나 색이 뒤바뀐다.

하늘은 언제나 같은 색인데, 우주는 언제나 끝없

는 공허인데.

   이런 것도 내가 만들어 낸 환상이 아닐까, 다른 사람들은 이런 것을 보며 어떤 생각을 할까.

   비가 오던 날이었다.

   전국에 비가 미친 듯이 쏟아져서, 몇 명의 사상자가 발생한. 어느 추운 늦여름, 어느 더운 가을이었다.

   언제나 울리는 스마트폰의 알람음은 여전했다.

   언제나 떠는 수다의 내용은 변함없고,

   언제나 굴러가는 세상은 익숙했다.

   야속하게도 하늘은 맑았다.

우리 사이에서 자살은 없으면 안 될 단어였다.

여름이었던가, 가을이었던가, 어쨌든 작은 협곡에 울리던 작은 새소리마저 죽어가던 바람 속의 어느 날이었다.

스산한 바람을 날리던 에어컨은 이제 잘 켜지 않는다.

그 덕에 나는 그날을 떠올리지 않아도 되었고,

그 덕에 우리는 자살을 조용하게 움직여 낼 수 있었다.

언제부터, 아니 애초에 어디서부터 이렇게 자연스레 우리에게 죽음의 그림자가 드리워져 있었을까.

하지만 알아낸다고 해서 달라지는 것은 없었다.

하늘의 구름에 그림자 하나 없겠는가. 그럼 나는 구름을 걷어낼 능력 따위 없었다.

언제나 허공에 손을 뻗어냈다.

언제나 허공에 시선을 주었고,

언제나 허공에 귀를 기울였다.

그렇게 나에게 들리는 것은 없었고.

내 시선에 걸리는 것도,

내 손끝에 닿는 것도,

그 무엇도 존재하지 않았다.

그게 가을이었던가, 어쨌든 새하얗던 가을의 해

는 온데간데없고, 오로지 어두운 방에 홀로 남았던, 춥고 외롭던 어느 날이었다.

죄어오는 죽음의 소리, 죄어오는 죽음의 향기.

우리는 겨울 속에 살았었다.

여름은 불이 꺼지지 않는 방의 연속이었다. 그렇다면 겨울은 불이 켜지지 않는 방의 시작이었다.

겨울을 좋아했다. 코트를 입을 수 있었고, 따뜻한 옷을 입을 수 있었고, 냄새도, 벌레도, 내가 싫어하는 모든 것은 죽어 없어진 뒤, 겨울이 좋았다.

어쩌면 나를 숨길 수 있어서 겨울을 좋아했던 걸지도 모르겠다.

옆 반에서 누군가 칼로 팔을 찔렀다. 나는 2학년

2반이라서, 한 학년 아래에서 일어난 사건이었다.

역시나 우리에게는 자해가 유행했다.

자살은 언제나처럼 우리를 취하게 했다.

자해는 기이하게도 우리를 낫게 했다.

언제였더라, 친구와 다시 한번 반의어 게임을 해보았다.

"빛의 반의어가 뭐라고 생각해?"
"어둠?"
"왜?"
"내가 그렇게 생각하니까?"
"어둠이 뭔데? 그냥 어두운 거?"
"여름."

아, 어쩌면 그럴지도 모르겠다. 우리가 지나던 여름은 언제나 무겁고 두려웠으니까, 여름의 반의어는 무의식중에 '빛'이라고 생각했을지도 모른다. 그렇다면 빛의 반의어인 '어둠'은 여름이 될지도 모르겠다.

누구나 찬란할 것이라 생각했을 청춘이, 누구나 행복했다고 믿을 삶이, 이렇게나 초조하게 흘러갔다. 언젠가 분명 행복했고, 언젠가 분명 두려웠는데, 그런 생각들을 스치며 청춘을 지나고 있었다.

겨울에는 얼어버린 강에 자살을 굴렸다.

우리는 당연하게도 자살을 갖고 놀았다.

어쩌면 잘못된 것을 알았을지도 모른다.

아니, 알고 있었다.

하지만 절벽 위의 핀 꽃이 위태롭다고 하여 꺾으면 그 꽃은 거기까지인 것이다. 우리는 아무것도 할 수 없는 꽃이었다.

잘 다듬어진 칼을 칼집 없이 허리춤에 차고 돌아다니는 듯한, 그런 청춘이었다.

흘러가는 음악처럼, 이제는 하이라이트에 도달하고 있었다.

누군가는 이 글을 읽고 눈물을 흘려주지 않을까, 누군가는 이 글을 읽고 울어주지 않을까. 잠깐이나마 그런 희망을 품어본다.

누군가는 내 인생을 보고 울어주지 않을까. 그 생각이 이런 뜻이었다는 것을 깨닫는 데는 꽤 오래 걸렸던 것 같기도 한, 해가 저물었던 어느 날이었다.

하늘에 떠다니는 별은 세상을 어떤 눈으로 보고 있을까, 다이아몬드 같은 세상 속에서 우리를 바라보고 있을까, 아니면 자신들만의 세상에서 계속 자살을 반복하고 있을까.

언제나 수업은 지루했다. 언젠가 빌려준 책 귀퉁이에 친구의 낙서가 눈에 들어왔을 때, 가끔은 마음 한구석이 쓰라리기도 했다.

언제나처럼 수업을 듣던 날이었다. 문득 찍찍 그어진 형광펜을 보고 그런 생각이 들었다.

내 인생에도 누군가가 형광펜을 찍찍 그으며 읽어줄 만한 날이 오지 않을까.

아마 그래서 글을 쓰는 걸지도 모른다. 누군가는 내 인생에 형광펜을 그어줬으면 했다. 누군가는 내 인생에 눈물을 글썽거렸으면, 누군가는 내 인생에

책갈피를 꽂아줬으면, 그렇게 생각해서 글을 쓰는 걸지도 모른다.

종이처럼 질기게 이어지는 삶이었을지도 모른다.

유리처럼 맑고, 투명한 삶이었을지도 모른다.

언제나 손에 휘감기는 머리카락을, 언제나처럼 귀 뒤로 넘기고 언제나처럼 코를 찡그러트리는 린스 냄새를 언제나처럼 눈에 밟히는 책 귀퉁이의 낙서가 언제나 변함없기를, 그런 일상들이 언제나 변함없기를. 그렇게 바라며 하늘에 기도했다.

21시 7분 56초. 별 시간이 아닌 것 같지만, 누군가는 이 시간 안에 자살했을 것이다.

언젠가부터 그런 생각이 든다. 누군가는 내가 이렇게 숨을 쉬고 있을 때, 같은 공기로, 같은 시간에,

마지막 숨을 들이켜지 않을까. 언젠가 친구와 그런 주제로 대화를 했었던것도 같다.

"있지, 오늘은 이렇게 숨을 쉬는 게 오늘의 마지막 숨인 건가?"
"그렇겠지."
"그럼 너무 아쉽지 않아? 아까워."
"뭐가."
"그냥, 마지막이라는 게. 너무 아쉽고 아까운 거 잖아."
"그 마지막이라는 거. 그렇게 중요한 건가?"

응, 그럴 수 있다고 생각했다. 누군가에게는 당연히 나에게 중요한 것도 하찮을 수 있다는 것, 알고 있었다.

그날은 어김없이 기이한 꿈을 꾸었다.

흔들리는 물처럼, 우리의 청춘은 그렇게 위태로운 늦가을의 어느 석양을 바라보고 있었다.

언제나 미래는 알 수 없었다. 언제나 앞은 어두웠고, 언제나 그것을 설명하기에 나는 너무나도 작았다.

한번은 이렇게 설명해 본 적이 있었던 것 같다.

"그렇게 생각해 보세요. 내가 너무도 궁금한 미래가 있어서 꽃점을 봐요. 그런데, 그 꽃의 꽃잎이 정말 셀 수 없을 정도로 많은 거예요. 정말 세지 못할 정도로요. 마치 나를 비웃기라도 하듯, 꽃점조차 보지 못하는 거예요."

이 말을 듣고 누군가 비웃었던가. 세상에 그런 꽃잎이 어디에 있냐고. 나는 그 말을 듣고 울었던 것도 같고, 그대로 잠들었던 것도 같은. 불 꺼진 방의 어느 추운 가을날이었다.

 마치 정해진 틀에서 살아가는 연극을 반복하는 배우처럼, 언제나 모르는 것은 알고 있다고, 아는 것을 모르고 있다고. 언제나 연기하고, 언제나 연주하며 살아갔다.

 내 인생을 그래프로 그린다면 어떤 인생이 될까. 가끔은 그런 생각을 했다. 하지만 내 인생의 그래프는 바닥에 머리를 처박을 것만 같아 감히 그릴 엄두가 나지 않았다. 아마 그래서이지 않았을까. 세상에 자신의 인생을 그래프로 그리는 사람이 없는 것은 그래서이지 않을까.

 겨울에는 말라 비틀어 가는 생선을 바라보면 마음 한구석이 쓰라렸다.

 누군가는 내 책을 보고도 그냥 지나갈 것이다. 누

군가는 한 문단을 읽고 글을 읽는 것을 포기할지도 모른다. 괜찮다. 내 인생은 그리도 지루하고 비참한, 그런 인생이다.

그래도 언제나 하늘에 기도하는 내 마음은, 그 마음 하나만을 소원하는 내 마음을, 누군가는, 한 명쯤은 포기하지 않고 알아주지 않을까. 그런 희망은 버릴 수가 없다는 것이다.

희망이나 소원은 소모품이다. 애초에 태어나기부터 호기심이 많은 사람. 나는 그런 부류의 사람이 아니라서, 아마 이런 인생을 살고 있는 것이 아닐까 싶다.

아프다. 우리의 마음은 언제나처럼 곪아갔고, 우리의 믿음은 자살로 인해 묶여갔고, 우리의 삶은, 언제나처럼 쓰라리고도 아름다웠다.

아마 그래서 우리는 이 아프고 시린 나이에 청춘을 붙여 응원하는 것일지도 모른다.

그래서 우리는 아픈 사람에게 청춘이지, 라는 말을 하고 자살하는 여중생에게 낭만이지, 라는 말을 할 수 있을지도 모른다.

뻥, 뚫린 것처럼 시리고 쑤셔오던 가슴팍에는 자살이라는 술을 들이켠다. 그럼, 우리의 마음은 잠시나마 죽음에 취해 그 아픈 것도, 쓰라린 것도 잊고 그저 미쳐간다.

마음껏 술을 들이켜고, 마음껏 칼로 위로하고, 마음껏 인생을 살아가면 되는 것이다.

그런 인생을 살면 행복할지도 모른다.

그런 인생을 살다가 죽은 나는 내일을 원할까?

그렇다면,

내가 지금 죽는다면 나는 내일을 원할까?

흡, 하고 숨이 죄어왔다. 하지만 내 심장박동 소리는 들려오지 않고, 내 숨소리조차 들려오지 않는다. 그저 따뜻한 난방기의 바람만이 나를 스쳐 갈 뿐이다.

가끔은 미칠 듯이 불안해했던 날도 있었다. 가끔은 미친 듯 아무 생각도 들지 않는 날도 있었다. 다만, 미치지 않는 밤은 존재하지 않았다.

곁을 스쳐 간 따뜻한 바람 때문일까, 문득. 그날이 떠올랐다.

다시 한번 기이한 벽, 기이한 표정, 기이한 울음소리. 무섭고 소름 끼치던 꿈이었다. 꿈인 걸 깨닫게 되는 데는 벽을 바라보고 얼마 있지 않았던 것 같다.

"있잖아."
"…."
"나는 왜 매일 이렇게 벽을 바라보고 있는 거야?"
"…."
"너는 왜 매일 울기만 해?"
"…."
"내가 뭘 잘못했는데?"
"…."
"왜 대답을 안 해."
"…."

내가 급한 마음에 고개를 휙, 돌렸을 때. 너는 눈물이 범벅이 된 얼굴로 이렇게 속삭였던 것 같다.

"죽고 싶어."

거칠어진 숨소리, 그것을 느끼며 일어났을 때. 나는 벽을 바라보며 울고 있었다.

언젠가는 이런 생각을 해본 적이 있다. 내 인생이 정말 특별한 건 아닐까, 내 인생은 누구나 흥미를 느낄만한 인생이 아닐까, 하지만 그럴 리 없었다. 나보다 더 힘든 인생을 살아가는 사람들은 차고 넘쳤고, 나보다 더 화려한 인생을 살아가는 사람들 또한 차고 넘쳤다. 그런 세상 속에서 나는 하찮고 더러운 존재인 것이다.

우리의 삶 속에서 자살은 뿌리를 내리고 가지를 뻗었다.

우리의 속에 뻗어진 뿌리가, 이제는 우리의 입을 타고 나와 다른 사람에게 전염된다.

더러워,

역겨워,

나한테 왜 이래?

그런 질문은 소용없었다. 더럽다니, 역겹다니, 그런 건 전부 책에서 주워들은 헛소리일 뿐이다. 나는 그런 생각을 한 적이 없다.

기억이 잘 나지 않는다. 가끔은 선명하게 남은 기억이 있고, 가끔은 전혀 생각나지 않는 기억이 있다. 하지만 이것만은 확실하다. 눈앞에 참새들의 시체가 널브러져 있던, 어느 추운 도서관의 베란다에 나갔던 어느 날의 일이었다.

내가 죽어도 내일은 올 것이다.

내가 살아도 내일은 올 것이고,

네가 죽어도 오늘은 갈 것이다.

사실은 미래가 오지 않았으면 한다.

사실은 과거가 늘어나지 않았으면 한다.

하지만 어찌할 도리는 없었다.

우리는 고작 15살이라서,

아직은 많이 어린 청춘이라서.

 책을 내려면 꽤 많은 노력이 필요하다. 가끔은 새벽 3시까지 글을 쓰기도 하고, 가끔은 글을 쓰다가 손목에 멍이 들거나 손가락에 물집이 잡히기도 한다. 그렇다고 상처만 입고 끝나는 것은 아니다. 책은 출간해야 하고, 팔아야 하고, 사야 한다. 그 과정에서 나가는 돈은 많을 것이고, 그 과정에서 내 책을 읽어주는 사람은 극도로 적을 것이다.

그럼에도 나는 누군가가 내 인생을 읽어주길 바란다.

누군가가, 한 번쯤은 내 삶에 눈물을 글썽였으면 해서, 누군가가, 이 세상에 한 명쯤은, 내 인생을 눈여겨보았으면 해서, 누군가가, 내가 살아낸 1년은, 고작 1년 조차도 이리 비참했다고. 그것을 알아줬으면 해서, 새벽 3시까지 노트북을 붙잡고 글을 쓰고 있는 것일지도 모른다.

유독 여름이 길게 느껴졌던 1년이었다.

언젠가는 내 여름에 청춘이라는 단어를 붙이고 싶었다.

그때였던가, 겨울에는 아직 죽음의 빛이 꺼지지

않았었다.

우리는 언제나 사라진 줄 알았던 죽음의 빛 속에서, 자살을 외치며 따뜻하게 살아갔고,

누군가는 그 속에서, 우리의 변함없는 수다 속에서 죽어갔다.

누군가는 그랬을지도 모른다. 누군가는 많이 앓았을지도 모른다. 그게 나였을지도 모른다.

누군가가 내 인생에 빛을 꺼줬으면,

그렇게 생각한 순간 내 미래는 사라진 것이다.

꽃점을 볼 필요는 없다.

원하는 것이 없을 땐 점을 볼 수조차 없다.

언제부터였더라, 어쨌든 하늘에 별빛 하나 없는, 기이하게도 맑은 하늘의 어느 밤이었다.

밝다. 찬란했고, 길었던. 맑았던 나의 청춘이었다.

청춘이고,

청춘이었을 테고,

청춘을 이어갈 것인,

청춘이다.

언젠가는 분명히 행복했으니 비난받았고,

언젠가는 분명히 아팠으니 호소했다.

당신은 내 인생에 형광펜을 끄적여 줬으면 한다.

누군가는 내 인생에 독후감을 써줬으면 한다.

누군가는 내 인생에 평가를 남겨줬으면,

작은 상일지라도, 누군가의 눈물 한 방울이 이 페이지에 떨어졌으면,

너무나도 큰 소원일지 모른다.

하지만 나는 그런 희망을 놓아버릴 수가 없다는 것이다.

자살로 시작했다. 어떤 노인이 여름에 자살 시도를 했고, 우리에겐 자살이라는 술이 돌았고, 가을에는 그것에 취했으며, 겨울에는 그것에 눈물을 흘렸다.

그것을 깨달은 것이 언제였던가, 어쨌든 저물어가던 해가 다시 한번 떠오르던, 꽃내음이 풍겨오던,

죽어가던 새소리가 울려 퍼지던, 상해가던 밭이 살아났던, 찬란하고도 아름답던 새벽녘의 어느 날이었다.

함성을 지르고 싶은 만큼, 다시 한번 봄으로,

우리는 다시 한번 학교에 입학했었다.

고작 2학년이었고,

서로에게 조심스러웠었다.

도서부를 운영하는 선생님에게 달려가 안길 때도,

연극부를 운영하게 되어 1학년들에게 찾아가 부원을 모집할 때도,

신간 도서 구입목록을 작성하며 수다를 떨 때도,

언제나 행복한 청춘이 될 것이라고,

그렇게나 막연하게 생각했었다.

아-.

아름다웠던 시작이었다.

아팠던 과정이었고,

찬란하던 전개였으며,

바닥에 머리를 처박힌, 안타까운 결말이었다.

아마 나는 죽지 않고 살아갈 것이다.

죽는 것은 두려우니까, 아마 죽어도 나는 자연스레 내일을 원할 것이다.

그런 삶을 살 것이다.

죽어도 내일은 오리라,

그렇다면 죽어서도 내일을 바랄 수 있는 삶이 되겠다.

우리의 사이에서 죽음은 피할 수 없는 절벽이 되어 있었다.

언제나 상처는 덧났고,

언제나 마음은 곪았고,

언제나 우리는 아팠다.

하지만, 언제나 나의 청춘은 찬란했다.

기억에 남았다.

그렇게 생각한 게 봄이었던가, 겨울이었던가, 어쨌든 죽음의 그림자가 드리워진 어둡던 어느 새벽녘이었다.

딱히 아무 생각이 들지 않는다.

머릿속에 떠오르는 모든 것들을 받아 건반을 짓누른다.

다 틀린 말일지도 모른다.

예술고등학교에 가겠다는 꿈 또한 너무나도 큰 꿈일지 모른다.

누군가가 내 책에 눈물을 떨어뜨려 주길 바라는 것은 너무나도 거만한 생각일지도 모른다.

하지만 나는,

그런 작은 희망마저 버릴 수 없다.

이런 죽음의 그림자가 드리워진 세상 속에서,

이렇게나 무섭고 두려운 세상 속에서,

내가 천재라고, 내가 인재라고, 그런 소리를 들으면서 뻔뻔하게 살아가기 위해,

나는 새벽 3시까지 노트북을 부여잡고 글을 써 내릴 수밖에 없다.

내 차가운 눈물이 눈가를 데운다.

그래도 누군가는,

정말, 한 번쯤은,

눈물을 흘려줬으면 좋겠다.

대한민국의 1년은 사계절로 이루어져 있다.

여름, 가을, 겨울, 봄.

여름에는 아팠다.

가을에는 덧났고,

겨울에는 곪았고,

봄에는 나았다.

그렇게 1년을 꼬박 살아냈다.

껄떡대는 내 숨통을 뒤로한 채,

비참하게도 미래를 바라볼 수밖에 없었다.

저 멀리에 핀 꽃을 바라보는 절벽 위의 꽃이 되는 수밖에는 없었다.

그럼에도,

나는 15살이었다.

사계절 내내, 우리에게는 죽음의 그림자가 드리워져 있었다.

아마 앞으로도 그럴 것이다.

아마 이 글을 읽는 당신도 그럴지도 모르겠다.

그렇다면 내 글에 고개를 끄덕여 주길,

아무도 없는 방에서 홀로 내 글을 생각해 주길,

마음이 너무나도 아픈 날에 내 글을 읽으며 위로받길,

가슴이 너무나도 시린 날에 내 글을 읽으며 울어주길,

그런 실낱같은 생각을,

그런 비참한 생각을,

이렇게나 꼭, 붙들고 있다.

당신이라도, 한 번쯤은,

우리의,

내 삶에,

눈길을 줬으면 한다.

아팠고,

아플 것이고,

아픈,

청춘이었다.

작가의 말

 방에서 작은 바퀴가 굴러가는 소리, 그것이 너무 잘 들립니다. 바퀴가 굴어가다 턱, 하고 멈추면 그 지겹던 소리가 멈춥니다. 지겨운 소리, 그 지겨운 소리가 고요해집니다.
 어쩌면 살아 있었을 그 바퀴가 죽어버린 순간, 지겨운 바퀴의 생은 끝난 겁니다. 내가 그 바퀴를 죽인 겁니다.
 진즉에 나는 살인자였을지도 모릅니다. 아니, 이런 경우에 나는 살인자가 아니겠지요. 살인자가 아닌 그저 범죄자였을지도 모릅니다.

내가 몇 개의 굴러가던 바퀴를 잡았는지, 몇 개의 흘러가던 시간을 잡았는지, 이제는 셀 수 없을 정도입니다.

죄를 저지르고도 모르는 어리석은 인간이었던 것입니다.

옆에 커다란 나무가 자리 잡고 있습니다. 내 마음 옆에서, 내 마음을 양분 삼아서 크게 자라난 나무가 내 옆을 지키고 우뚝 서 있습니다.

저 나무는 부스러지겠군요, 내 마음은 썩고 고여 버린 물이라서, 저런 멋진 나무가 먹기엔 적합하지 않습니다. 마치 바닷물을 먹고 자라난 나무와 같겠지요.

언젠가는 저 나무가 쓰러져서 나를 덮칠지도 모릅니다. 그랬다면 무섭겠군요. 나는 꼼짝없이 죽을 테니까요.

내 이름은 김정민입니다. 다른 누구도 아닌 김정민입니다. 바른 백성이 아닌 수정 같은 하늘입니다.

하늘을 보는 것을 좋아합니다. 이름 때문에 내

팔자가 그런 것인지는 잘 모르지만, 선선하게 부는 바람이 내 마음에 생긴 끈덕진 그 물을 없애주는 것 같아서, 혼자 조용히 벤치에 멈춰 서는 걸 좋아합니다.

노래, 고요하게 울리는 노래를 좋아합니다. 즐거운 것은 별로 좋아하지 않습니다. 그러니 음악을 좋아하진 않겠지요. 누군가가 내게 노래해 주는 것을 좋아합니다.

알기 힘든 사람이라는 말을 많이 듣습니다. 이것은 나의 본성이에요. 생각을 읽기 힘들다는 둥, 그렇다면 이 글이나 읽어보라 해야겠습니다. 그럼 나를 조금은 알 수 있을지도 모르지요.

인간관계, 무섭습니다. 어떤 사람들이 어떤 말을 할지 몰라서. 내가 또 어떤 시간을 죽일지 몰라서.

나는 도대체 몇 번의 범죄를 저질렀을까요. 아니, 애초에 시간을 죽이는 것은 범죄일까요.

나는 몇 번의 시간을 죽였을지 모릅니다. 지금도 이 글을 읽는 누군가의 시간을 죽이고 있을지 모릅니다. 다만 나는 그것을 알지 못한다는 것, 그것이 가장 큰 죄라는 것입니다.

해가 드는 날에, 우연찮게 나가서 벤치에 앉아 있었습니다. 그랬더니 누군가 다가오더군요. 무시했습니다. 그러지 말걸, 그 누군가를 받아줄걸, 나는 어리석은 인간이라 그렇습니다. 나는 다가오던 그 누군가의 시간과 마음을 죽여버린 것입니다.

무엇이 범죄일 것 같습니까? 내가 하는 이것 또한 범죄 아닌가요? 일본의 쓰시마 슈지라는 작가가 그랬다지, 자신은 인간에서 실격당한 존재라고. 나도 그랬을지도 모르는 것이라는 말입니다.

사계절, 우리가 네 개의 아픔을 겪는다는 것, 그것을 모르는 사람이 많다는 말입니다.

아니 어쩌면 나만이 그랬을지도 모르지, 머리카락 한 올에 베어서 눈물 흘리는 나만 네 가지의 아픔을 고스란히 겪었을지도 모릅니다. 그랬다면 나는 이제 정말 살인자가 되어버리는 것일지도 모릅니다. 당신에게 네 가지의 아픔을 알려줘 버려서,

이제 당신은 네 개의 아픔을 겪어야만 해서, 나는 이제 살인자가 되어버리는 것일지도 모른다는 말입니다.

질문을 던지고 싶었습니다. 누군가 따뜻한 겨울에서 살아가는 동안 그 겨울에 얼음 한 덩이를 던지고 싶었습니다. 아, 그렇다고 누군가에게 평화를 없애고 싶다는 말은 아닙니다. 다만, 왜 겨울에 생긴 얼음을 보고 놀라는지, 왜 그런 당연한 것을 보고 놀라는지, 왜 따뜻한 겨울을 보내는지. 그것이 묻고 싶었을 뿐이지요.

불이 꺼진 방에서 조용하게 유리구슬을 꺼내서 바닥에 굴렸습니다. 그러자 바닥에서 유리구슬이 조용하게 굴렸습니다. 유리구슬이 어디까지 떠나갔는지 나는 알 수 없었습니다. 그러다 책장이 보이는 쪽에서 탁, 부딪히는 소리가 났습니다. 나는 무심코 그쪽을 보았습니다. 방에 놓인 공기청정기에서 나온 빛을 반사하고 있는 죽은 유리구슬, 나는 그것을 보았을 때 내가 무슨 짓을 한 것인지 감히 가늠할 수 없었습니다. 나는 고의로 또 하나의 삶을 뭉개버린 것입니다. 딱히 생각해 볼 필요도 없이, 나는 구슬이 멈추리라는 것을 알고 있었습니다. 그럼에도 나는 감히 구슬이라는 하나의 삶을 생각 없이 굴려버린 것입니다. 아마 그때부터 구슬은 삶을 시작했고, 책장에 부딪히는 순간 생이 끝났다는 것입니다.

나는 견디기 힘들었습니다. 우리가 그렇게 많은 죄를 짓는다는 것, 사실 나는 그것을 알리고 싶었습니다.

나 혼자 견디기 힘들어서 짐을 덜어내고 싶었을지도 모릅니다.

못해도 나는 사람이 사람에게 상처 주는 것을 알리고 싶었다는 것입니다. 그것으로 인해 누군가가 시간을 죽였다는 것, 그것으로 인해 누군가가 아팠다는 것, 그걸 알리고 싶었다는 말입니다.

누군가가 이를 악물고 칼을 갈면 누구든 그걸 쓰는 사람이 있다는 것, 그것을 알리고 싶었습니다.

그리고 그런 세상 속에서 나는 누군가의 칼을 막아 줄 사람이 되고 싶었습니다.

나는 키가 작습니다. 도시가스는 바닥에 가라앉는다고 하지요, 가스에 중독된 것 같습니다. 머릿속에서 자꾸만 범죄적인 생각이 들어요.

물이 가득 들어 있는 세면대에 얼굴을 담그고 싶습니다. 그렇다면 내가 눈물 흘려도 아무도 모르겠지요.

실낱, 실의 정상적인 가닥들이 전부 떨어져 나가고 너덜너덜한 한 올만이 살랑이는 것, 내 주변에 사람들이 전부 떨어져 나가고 너덜너덜한 나 한 가닥이 설렁거리는 것, 그것이 실낱같은 인생이라는 겁니다.

나는 여름이 긴 곳에서 살았습니다. 마치 무언가 썩기 좋은 날씨인 곳에서 살았습니다. 무릎까지 풀꽃이 올라오는 곳에서 살았습니다.

그렇겠지요, 모든 문장이 좋아지려야 좋을 수는 없습니다. 다만 좋은 문장이 있었다는 것, 이 소설의 끝이 그렇다는 것입니다.

나는 그저 세상에 말해보고 싶었습니다. 굳이 우리나 학생들뿐만이 아니라 누구든 포함될 수 있던 여름을 이야기하고 싶었습니다. 어쩌면 봄에 시작했을, 어쩌면 가을, 어쩌면 겨울이었을 그 이야기를 하고 싶었다는 겁니다.

지겨운 소리, 예, 생명의 소리는 누군가에게 지겹도록 따분한 소리일지도 모른다는 겁니다. 생각해 보세요. 모기가 귀 주변에서 파닥거리면 기분이 어떻습니까? 좋지 않지요? 예, 그런 겁니다. 예, 당신이 모기를 죽이듯이 누군가는 인간과 모기의 삶을 죽이고 있었다는 겁니다. 그 둘을 함께 봤다는 겁니다.

촘촘히 뚫린 방충망이 제 기능을 하지 못하는 세 번째 창문 같았습니다. 아침마다 창문을 확인했던 이유는 그거라는 겁니다. 필요 없는 창문이 뜯겨 사라졌을까 봐, 그것뿐이라는 겁니다.

내가 이 글을 쓴 이유는 그거라는 겁니다. 우리가

네 개의 아픔을 겪고 있다는 것, 그리고 그 고통을 모르는 것은 커다란 죄라는 것, 우리의 고통을 죽이지 말라는 것.

-무덥던 겨울, 김정민 올림

우리의 말

우리는 겨울 속에서 살았었다. 누군가의 집에서 누군가가 죽었고, 우리가 숨을 쉬는 순간 누군가가 죽었을, 하지만 그것을 알 수 없었던, 그런 겨울 속에 살았다.

이것은 단지 나 혼자뿐만의 말이 아니다, 우리의 말이다.

우리는 뜨거운 겨울 속에서 녹아가고 있었다. 차라리 녹길 원했다. 어쩌면 사라지기를 원했다. 뜨거운 태양 아래, 녹아서 없어져 버리길 원했다.

누군가는 겨울 속에서 얼어 죽었다. 세상이 너무

차가워서, 추워서 죽었다. 어쨌든 누군가는 겨울이 싫었다는 것이다.

우리는 겨울 속에서 살아남아야 했다.

차가운 겨울 속에서, 차가운 세상 속에서 우리는 살아남아야 했다.

"친구가 쓴 글을 읽자니 이런 생각이 든다. 정말로 우리는 낭떠러지에 서 있었을지도 모른다고." 누군가는 그런 말을 했다.

우리는 낭떠러지에 집을 짓고 살았다. 역시나 낭떠러지에는 해가 잘 들지 않았다.

가끔은 해가 들었다. 그런 날에 보통 우리는 따뜻하게 산책하거나 평화로운 일상을 보냈다. 하지만 대개 해는 절벽이 아닌 땅을 비췄다.

절벽에 산다는 것이 얼마나 서글픈 일이란 말인가, 우리는 서로가 낙후되는 것을 지켜볼 수밖에 없었다.

언제 누가 펜은 쇠보다 강하다지, 그렇지, 펜은 쇠보다 강하지, 하지만 펜으로 사람의 머리까지 고칠 순 없는 것이지.

우리 주변에는 우울함이 도사리고 있었다. 언제든 우리의 목을 베어버릴 기세의 날카로운 우울이.

누가 그랬다. '내가 지금 죽는다면 내일을 원할까?'라는 대목은 틀리지 않았느냐고, 그 사람은 작가에게 말했다. 죽은 사람은 내일을 원하지 않기 때문에 죽었을 것이고, 만약 그렇지 않더라도 자신이라면 내일을 원하지 않을 것이라고. 작가는 물었다. 왜 내일을 포기하느냐고, 왜 원치 않는 죽음이더라도 내일을 원하지 않느냐고. 그러자 그 누군가는 돌아서며 말했다. 그것이 더 편한 방법이지 않냐고, 그렇게 생각하지 않느냐고, 작가는 그 말에 세상이 핑 돌았다고 한다.

우리는 가끔 그런 생각을 했다. 정확한 죽음의 이유나 목적이 있다면 기꺼이 죽겠다고, 사실은 가끔이 아닌 항상 그런 생각을 했다.

작가는 늘 죽음에 대해 생각한 듯하다. 우리야 늘 그렇듯, 자살은 두렵지도, 생소하지도 않았다. 그저 죽음은 죽음이었다.

우리의 곁에서 누군가가 죽는다면 그것은 꽤 충격적인 일일 것이다. 하지만 비슷한 경험을 공통적으로 가지고 있는 우리는 그것이 틀렸다는 것을 금방 알 수 있었다.

우리의 눈에 비치는 세상은 흑백과도 같았다. 아니, 차라리 작가의 눈에 비치는 세계만이 흑백이라고 하는 편이 나았다.

우리의 삶이나 계절은 끔찍할 정도로 다양했다.

스펙트럼이라고 부른다던가, 그렇게 우리의 삶이나 계절은 서로 같고도 달랐다.

우리의 근처에는 언제나 죽음이라는 그림자가 드리워져 있었다. 우리가 다니던 학교만 해도 그렇다. 작년이었던가, 재작년이었던가, 비행기 추락사고로 죽은 사람이 우리 학교에 재학 중인 학생이었다는 사실을 들었을 때, 누군가는 당황했을 것이고 죽을 각오를 했을 것이다. 하지만 그렇다고 그것이 그림자는 아니었다. 그림자, 그렇다면 어두워야지. 죽음은 어둡다고 하기엔 밝았다. 우리들의 쉼터가 되어주었기 때문이다.

작가가 쓴 글은 그랬다. 기숙사 창문을 열어두고 온 날, 비가 내려서 베란다가 흠뻑 젖어버린 느낌, 그런 느낌, 작가가 쓴 글은 그런 실수로 촘촘히 비가 스며든 느낌이었다. 하지만 모든 물이 그렇듯, 작가가 쓴 글 또한 우리의 마음에서는 금세 말라버렸다.

우리에게는 시간이 없었다. 여유 있게 생각하기엔 세상은 너무 각박했고, 매달 뜯어지는 교실의 달력이 부담스러웠을 뿐이다. 그럴 때 금방 생각을 고쳐먹을 방법은 "죽어야겠다." 이 한마디였다.

생각해 보면 우리는 작가의 말대로 밤에 꽤 많이 신음했다. 웃기도 했지만, 가끔 힘들 때, 그럴 때는 창문에 달린 쇠창살에 이불을 걸고 목을 매서 톡, 하고 빠지는 목뼈를 생각했다.

생명의 무게란 무엇인가, 비둘기와 사람의 생명의 무게는 뭐가 다른 것인가, 우리는 왜 이런 생명의 무게를 지고 빚어졌는가.

차라리 가을에 흔들리는 나무 잎사귀가 되고 싶었다. 봄에 겨우 태어나기 시작해서, 여름에 파릇파릇하게 피어서, 가을에 새 옷 입고 흔들리다가, 겨울에 죽어버리는, 그런 인생, 아니 그런 나무 잎사귀가 되는 편이 좋았을지도 모른다.

우리가 삶을 견뎌내기에는 턱없이 부족한 존재였을지 모른다. 그러나 죽음이 곁에서 우리를 도와준다면 말이 달라졌다.

예를 들면 작가는 그런 부류의 사람이었다. 둔감한 사람이었다면 알아차리지 못했을 밀물이 밀려드는 그 미묘한 속도에 공포감을 느껴 바다로 뛰어드는 사람, 작가는 그런 부류의 인간이었다.

사람들은 나름대로 다들 열심히 살고 있을 것이다. 사실 잘 살고 있든, 아니든, 우리가 상관할 바도 아니긴 하다. 하지만 작가는 그렇지 못한 것 같다. 어쨌든 누군가는 잘 살고 있지 못하다는 것, 우리는 그것을 알았을 뿐이다.

그러다 가끔은 다시 해가 뜨는 날, 우리는 밖을 거닐 때 누군가는 고개를 내밀고 평생토록 행복한 삶을 꿈꿨을지도 모르지, 하지만 우리의 대부분은 그런 것은 체념한 지 오래된 인간들의 모임이라서, 우리는 해가 뜨는 날 밖에 나가서 산책했다.

상처받는 사람이 있었다. 조용히 상처받고 슬퍼하는 사람이 있었다. 어쩌면 조용하지 않았다. 요란하게, 우리에게 소리를 질렀을지도 모른다. 하지만 우리는 우리의 인생을 살아내기에 너무 바빠졌고, 자연스레 죽음의 조건을 쥐여준 것이라 생각했다. 의아하게도 우리는 그것이 잘못된 것인 줄 모르고 있었다.

겨울, 우리가 살던 겨울에 누군가는 정말 행복했다. 성탄절만을 기다리는 순진무구한 어린이, 아니 사람들이 있었다. 우리가 살던 겨울은 행복했지만, 아마 우리는 아니었을 것이다.

조금이나마 위로가 되는 말을 해주고 싶었다. 상처받거나 얼어버린 사람들의 조금이나마 위로되는 말을 해주고 싶었다. 아마 우리 모두 그런 생각을 했었다.

그러나 우리는 우리의 상처에 연고를 바르고 상처를 꿰매는 데 너무나도 연연해 있었다.

누군가는 말했다. "선생님, 우리는 왜 살아가야 하나요?"라고. 그러자 상담 선생님이 말했다. "넌 왜 살아야 한다고 생각하니?" 선생님은 답을 피한 것이다. 선생님, 그러니까 우리가 전지전능하다고 믿었던 그 선생님마저 죽음이나 생명 앞에서는 한없이 가벼워지고 어떤 때에는 무거워지는, 그런 인간이나 다름없다는 것이었다.

사실 죽음이나 삶에 의미는 없다. 언젠가 살기가 싫어진다면 죽을 것이고, 죽기가 싫다면 살 것이다. 우리는 그런 의미나 싫은 것이 없으므로, 그래서 제대로 살지도, 죽지도 못하는 것이다.

누군가는 그렇게 생각했다. '나는 홍익대학교에 입학하면 살 거야.' 죽음을 가정하고 말했다.

죽음이 전제 조건이 되어버린 우리는 딱히 위화

감을 느낀 적 없었다. 그러나 작가는 달랐던 모양이다. 평소 작가를 보면 자주 우리에게 와서 고민상담을 해주곤 했는데, 그게 작가에게 쌓였던 모양이다.

해가 들지 않는다고 해서 고민이 없다는 것은 아니다. 어차피 죽을 생각이라고 해서 고민이 없어지는 것은 아니다. 아니, 오히려 더 많지, 고작 '죽어야지.'로는 도통 지워지지 않는 고민들이 있었다. 그럴 때 써먹을 만한 게 바로 작가찬스였다. 감수성이 풍부한 작가는 우리 같은 돌덩이의 안성맞춤인 집이었다는 것이다.

자주 쓸쓸하게 벤치에 앉아 있던 너를 보았다. 작가, 그 사람을 보았었다. 저 쓸쓸하고 끈덕진 뒷모습에서 무언가가 흘러나오는 듯한 느낌, 그 느낌에 압도당해서 차마 말을 걸지는 못했지만, 우리 중에 한 명, 나는 당신의 외롭고 허전한, 세상에 대한 원망에 찌들었던 그 모습을 보았었다. 사실 그때, 나는 그날 밤 너에게 무슨 힘든 일이 있느냐고 물어볼

예정이었다. 다음 날 당신이 방에서 가슴을 부여잡고 겨우 잠을 청했다는 말을 들었을 때, 모두가 메마른 유희 속에서 당신을 비웃고 있을 때, 우리 중에 누군가는 어제 당신을 찾아가지 않은 것을 후회했었다.

아주 힘든 삶은 아니었을 것이다. 차라리 우리 중에 작가는 웃음이 가장 많았다. 입도 적당히 걸걸해서 대화 주제가 시원했던, 입이 무겁던, 그런 작가, 우리는 그런 작가, 아니 당신이 그저 온전히 살아가고 있을 것이라 믿었다.

우리는 무엇을 해야 할까, 당신은 알고 있지 않을까. 하지만 조금, 이미 조금 늦은 듯한 느낌이다. 우리도 아마 작가와 다르지 않을 것이다. 누군가는 나의, 우리의 뒷모습에서 끈덕진 무언가를 느끼고 공포를 느낄 것이다.

당신의 머릿속에 있는 그 생각들을 끄집어내서 불태워 내고 싶었다.

그날 당신에게 가서 어깨를 잡고 흔들어 냈어야

했다.

당신께, 우리는 당신을 싫어하지 않는다고, 너는 좋은 사람이라고, 그렇게 말해줬어야 했다.

죽지 않았다. 작가는 죽지 않았다. 생떼같이 살아만 있다. 『운수 좋은 날』에서 김첨지가 말했듯이, 그녀는 생떼같이 살아만 있단다.

우리 중에 죽은 사람은 없지만, 그래도 작가는 봤을지도 모른다. 우리 중에 죽을 사람을.

가끔 비가 내리던 날에는 작가가 써 내렸던 글을 생각할 따름이고, 가끔 해가 뜨는 날이면 벤치에 쓸쓸히 앉아 있던 당신이 생각날 뿐이다. 간단하게, 그뿐이다.

살짝, 잠깐 우리를 봐주길 원했던 사람이 있었다. 우리 중에 누군가는 그러길 원했다.

우리는 겨울에 살았다. 자신을 꽁꽁 감추느라, 우리는 우리가 누구인지, 어떤 생각을 하는지 알 수 없었다. 그래서일까, 언제나 쓸쓸하고 고요하게 시린 추위를 앓던 작가는 자신을 알고 있었다.

잘 자, 그렇게 말하고 잠에 들던 우리는 평범하게 잠에 들고 당연하다는 듯이 눈을 떴다. 그러나 그녀는 잘 자라는 말을 잘 하지 않았다. 좋은 꿈을 꾸라는 말을 많이 했다. 그리고 아침에 가장 먼저 일어나서 베란다 문을 열고 비가 새 들어온 그 방충망을 촘촘히 확인했다.

우리가 아닌 그녀가 말하기에, 우리는 금방이라도 죽을 것 같았다고 한다. 그럴 리가, 우리가 생각하기엔 그녀는 매일 아침 확인하던 그 방충망을 뚫고서 금방이라도 날아가 버릴 것 같았다.

그녀는 매일 저녁 점호 방송이 울리면 방으로 뛰어 들어가 욕실에서 30분 정도 시간을 보내곤 했는데, 어쩌면 세면대에 눈물을 흘려보내는 중이었을지도 모르겠다.

나무를 숨기려면 숲에 숨기라지, 그래서 작가는 우리 사이에 잘 숨지 못했나 보다.

작가는 우리와는 결이 좀 많이 달랐다. 교양이나 필수 문학 등을 챙겼으며 평소에 제국과 관련된 역사를 설명하거나 시를 어렵게 해석하는 것을 좋아했다. 따지자면 우리와는 반대였다는 것이다.

그래서야 잘 숨을 수 있겠나, 그녀는 언제나 혼자 눈에 띄었다. 애초에 그녀는 관심받는 것을 좋아했다. 숲에 나무가 숨었는데 그 나뭇잎이 보라색이라면 눈에 띄겠지, 그녀는 도통 어떤 생각을 하는지 알 수 없었다.

복도를 지나가다 우연히 누군가가 작가의 부탁으로 책을 읽은 사람의 평을 대신 전해주게 되었다고 했다. 그런데 책을 읽은 사람의 평이 너무 가혹해서 전해줄 수가 없다고, 나더러 대신 전해달라고, 그렇게 말하고 누군가는 떠났다. 책을 읽은 사람의 평은 이랬다. 너무 어려운 데다 조현병이라도 걸린 것처럼 너무 우울하다고, 너무 망상이 심하다고, 병원에 가보아야 할 것 같다고, 그런 내용이었다. 나는 그때 차마 전부 전하지는 못할 것 같아서 작가에게 "너무 어렵고 자기 취향이 아니래."라고만 전하였다. 어리석었을지도 모른다고 생각한다.

그러나 쓸쓸한 뒷모습을 잊을 수 없다.

앞모습은 어땠을까, 어딘가 아픔을 가득 끌어안고 눈물 흘리는 듯한 뒷모습, 앞모습도 그랬을까. 혹시 모르지, 그녀는 정말로 아픔을 한가득 품고 있었을지도.

그녀의 앞에 놓인 길은 이제 무슨 색일까, 어떤 계절일까.

우리가 차가운 겨울에서 사는 동안, 그녀는 매미가 울지 않는 여름에 살았다. 무릎 가득 올라온 풀꽃이 발목에 걸려서 자꾸만 내려앉는, 자꾸만 넘어지는, 그런 여름에 살았다는 것이다.

우리가 살던 겨울은 외로웠다. 추웠다.

빌려왔던 작가의 책에 낙서하지 말 걸 그랬다. 빌려줬던 답례에 편지를 쓰지 말 걸 그랬었다.

우리, 나는 어쩌면 우리다. 작가가 포함될 수 없었던 우리. 나는 우리다.

작가가 길을 벗어나서, 그 끈적이는 발걸음을 밖으로 옮길 때, 우리는 가벼운 발걸음으로 길에 발을

올릴 때, 그렇지, 그때도 새가 펄럭였지, 작가에겐 여름이었을 그때였지.

누군가가 작가에게 물었었다. "그런 실낱같은 희망이면 왜 끊어버리지 않느냐."고. 그 말에 작가가 쓸쓸한 등을 보이며 말했다. "실낱같이, 이미 다 끊어져 버려서. 이제 끊을 것도 없어서." 그 누군가는 그녀의 등에서 끈덕진 공포, 혐오를 느꼈다고 한다.

우리는 언제까지 우리일까, 언제까지 같은 생각과 같은 행동을 할까, 어쩌면 정말 죽을 때까지 나는 우리일까.

그녀의 텀블러 뚜껑은 투명한 덮개였다. 떨어뜨리면 금세 뚜껑이 분리되어 버리곤 했는데, 그날 그녀가 떨어뜨린 텀블러 바닥에 아직 섞이지 않는 커피 가루가 많이 남아 있었을 때, 바닥에 쏟아진 커피의 진한 색을 보았을 때, 그 냄새를 맡았을 때, 문득 그녀에게 불면증이 있었다는 사실을 알게 되었었다.

우리에게 불면증은 없었다. 때가 되면 알아서 눈

이 감겼고, 아무리 밤에 신음하더라도 우리는 우리였기 때문에 함께 잠에 들었다. 다만, 작가는 우리가 아니었다. 작가의 말을 들어줄 누군가는 없었다. 그녀는 아마 밤마다 말없이 눈물을 흘렸을 것이다. 해가 들었던 날, 산책 대신 벤치에 조용히 앉아서 흔들리는 나무와 밭을 보기를 선택했던, 걷기보다는 멈춰서기를 원했던 그녀는 조용히 눈물을 쏟아냈을 것이다.

그녀에겐 재주가 많았다. 우리에겐 없는 재주가 그녀에겐 있었다. 그래서일까, 그녀는 너무 눈에 띄었다.

지금이라도 사과하고 싶다. 그날 당신의 어깨를 흔들어 주지 못해서 미안했다고. 그날 그녀의 책에 낙서해서 미안했다고, 시간이 없어서 미안했다고. 그러나 늦었다. 조금, 그러나 조금 늦었다는 것이다.

그렇지, 늦었다는 것이지, 그녀를 온전히 구하기에 우리가 너무 늦었다는 것이지. 다만 우리가 할 수 있는 일은 그거라는 거지. 그녀에 대해 생각하는 것. 그녀가 전하려고 했던 그것에 대해 생각하는 것, 우리에 대해 생각하는 것.

우리에게는 시간이 없다. 다만 그 초조함 속에서 누군가가 시들어 간다는 것, 우리 또한 그렇다는 것. 그것을 생각해 보라는 것이다.

우리가 되려면 그래, 그렇게 해라. 생각하지 말아라. 그저 살아라. 살아남아라, 커다란 산 대신 작은 언덕에서 날아가는 새를 바라보며 겨울을 살아라. 생각하지 말아라.

나, 그러니 이제 우리가 아닌 필자는 이 소설을 끝맺을 마지막 문장에 대해 꽤 오래 고심했다. "이 문장을 쓰지 않고 생각하지 말아라."라는 문장으로 끝맺을지, "죽지 말라, 언제 죽을 것이냐, 세상이 100일 후에 멸망한다면 어떨 것 같나." 그런 문장들로 소설을 끝맺을지. 하여 이제 그만 필자는 그 길던 마지막 문장에 대한 고심을 끝내고 이 소설 또한 끝맺으려 한다. 완벽한 끝은 아닐 수도 있다. 그러나 필자가 염원하던, 필자가 그녀에게 염원했던, 그녀는 가지지 못한 그것, 이 소설의 독자는 알 것이다. 당신은 그랬으면 한다. 살아줬으면 한다. 온전하게, 온전하게 이 세상을 살아줬으면 한다.
 온전히 살아남아라.

-우리가 살던 겨울, 누군가의 누군가

사계절

초판 1쇄 발행 2025. 5. 16.

지은이 김정민
펴낸이 김병호
펴낸곳 주식회사 바른북스

편집진행 김재영
교정 박하연
디자인 양헌경

등록 2019년 4월 3일 제2019-000040호
주소 서울시 성동구 연무장5길 9-16, 301호 (성수동2가, 블루스톤타워)
대표전화 070-7857-9719 | **경영지원** 02-3409-9719 | **팩스** 070-7610-9820

•바른북스는 여러분의 다양한 아이디어와 원고 투고를 설레는 마음으로 기다리고 있습니다.
이메일 barunbooks21@naver.com | **원고투고** barunbooks21@naver.com
홈페이지 www.barunbooks.com | **공식 블로그** blog.naver.com/barunbooks7
공식 포스트 post.naver.com/barunbooks7 | **페이스북** facebook.com/barunbooks7

ⓒ 김정민, 2025
ISBN 979-11-7263-370-7 03810

•파본이나 잘못된 책은 구입하신 곳에서 교환해드립니다.
•이 책은 저작권법에 따라 보호를 받는 저작물이므로 무단전재 및 복제를 금지하며,
 이 책 내용의 전부 및 일부를 이용하려면 반드시 저작권자와 도서출판 바른북스의 서면동의를 받아야 합니다.